Merci à Julien Josset
et à sa Souris

© Circonflexe, 2000
ISBN 2-87833-262-8
Imprimé en Italie
Dépôt légal : juin 2000
Loi n° 49-956 du 16 juillet 1949
sur les publications destinées à la jeunesse

Bon anniversaire Myrtille !

Didier Levy
Gilles Rapaport

ALBUMS
circonflexe

**Pour ton anniversaire,
nous avons tous fait
un dessin de toi.**

Tes amis

Ma myrtille adorée,
j'adore tes super-câlins !
Après, plus besoin de
se laver de toute
la semaine !

Jojo

Ma grosse,
cette année encore,
je te promets de bien te tourner
autour et de bien t'embêter.
Bon anniversaire quand même.

Ta copine la mouche

Myrtille,
tu es une chouette maison.
Mais le menu est toujours pareil.
Tu ne pourrais pas manger
autre chose que de l'herbe ?!
Je t'ai fait une liste :

COQUELICOTS
TRÈFLES À 4 FEUILLES
PÂQUERETTES (avant tu en mangeais
plein, c'était bon).

Ton vers solitaire

chère myrtille,
vu que tout le
monde t'a déjà
très bien
dessinée, je
préfère
t'envoyer un
dessin de moi
avec mon
nouvel
amoureux.
Il est chou,
non ?

Nini, ta puce

chère madame myrtille,
en plus de mon dessin,
je vous envoie une paire
de lunettes. comme ça
j'espère que vous
éviterez de me manger
quand vous me verrez.

**La <u>dernière</u> pâquerette
du champ**

Maman chérie,
j'aimerais avoir 5 bouches
tellement c'est bon
d'être ton petit.
Bon anniversaire.

Tino

Chère madame,
A chaque fois que j'amène
du courrier, c'est la corrida.
Mes pantalons sont tout
déchirés, mon derrière ressemble
à une passoire. Je ne suis
pourtant pas un toréador !

Le facteur

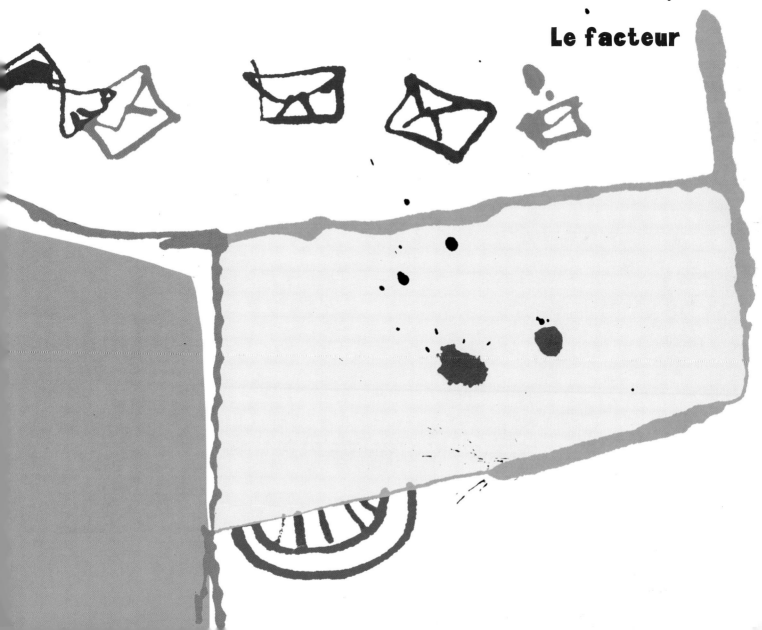

Bon anniversaire, myrtille !
Au fait, quand ton fils
n'arrive pas à finir ses
repas, appelle-moi.
C'est dommage de gâcher.

Le chat

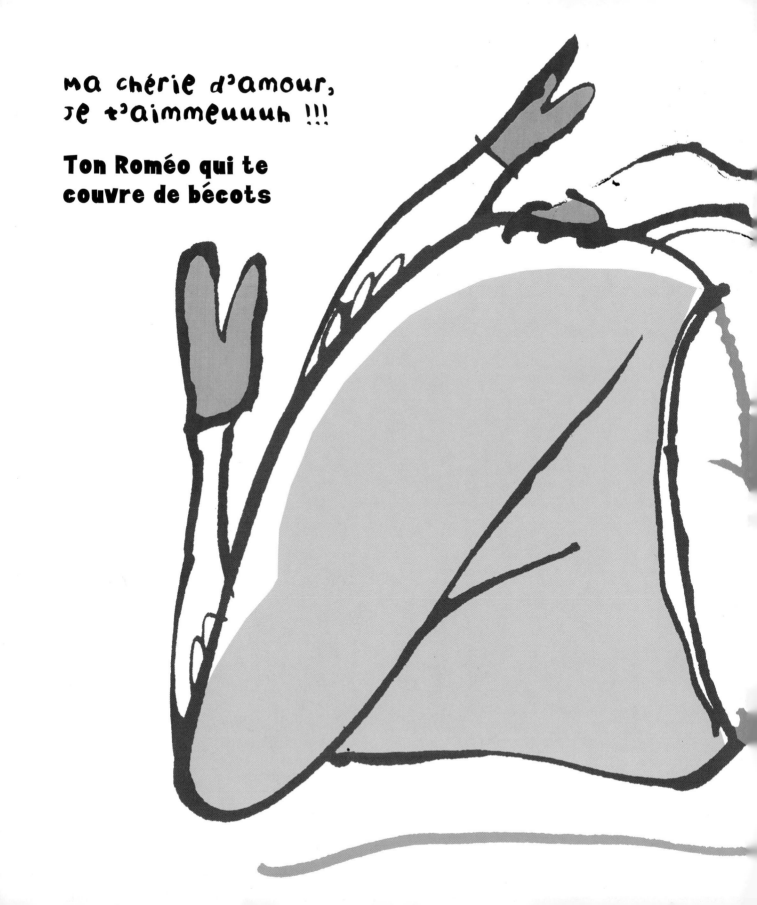

ma chérie d'amour,
moi aussi, je t'aime
(surtout avec plein de
moutarde et de ketchup).

Le loup qui te couvre
de poutous

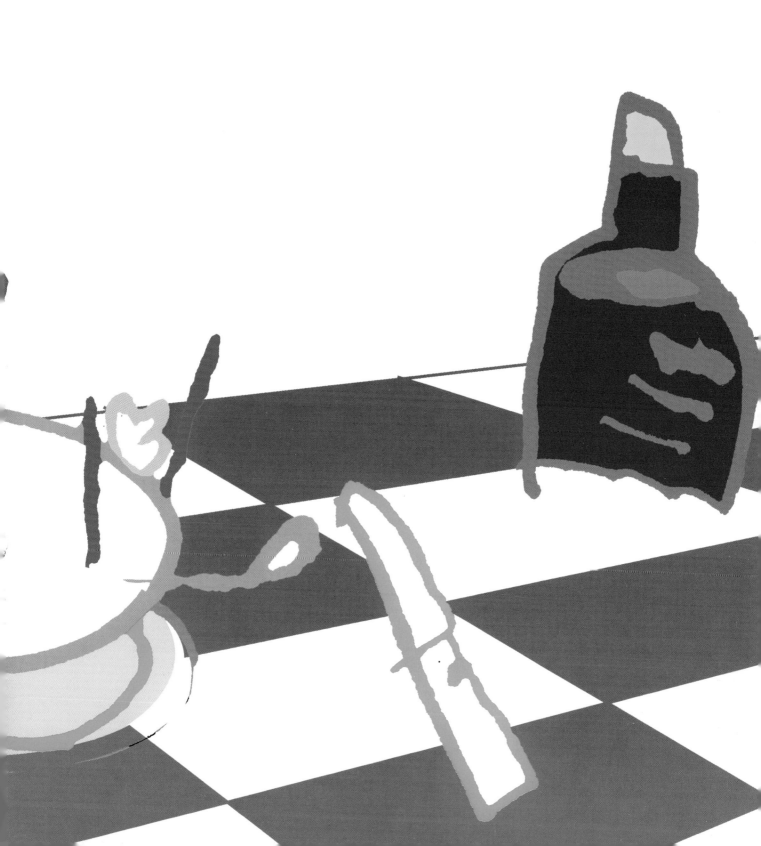

Très chers amis,
merci à vous tous pour vos
jolis dessins, c'est
vraiment très ressemblant.

Myrtille

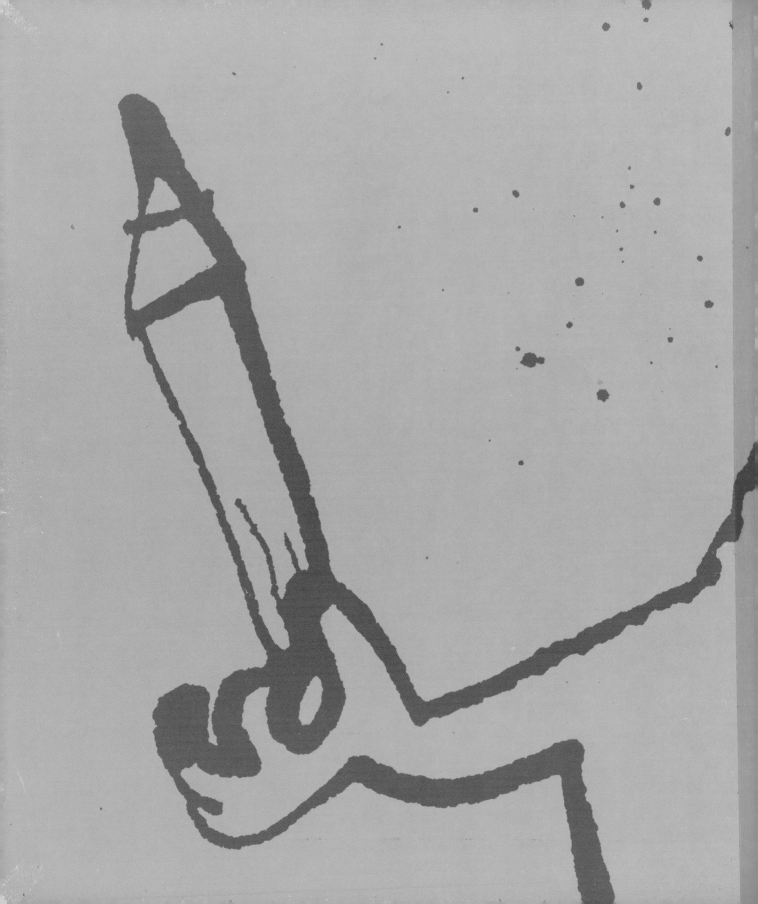